# THEOGONIE

## ODER DER GÖTTER UND GÖTTINNEN GESCHLECHT.

### HESIOD

Übersetzt von
JOHANN HEINRICH VOSS

# THEOGONIE

Helikonischen Musen geweiht, heb' unser Gesang an,
Die auf dem Helikonberge, dem großen und heiligen, walten:
Wo sie den dunkelen Quell mit geschmeidigen Füßen im Reihntanz
Und den Altar umschweben des allmachtfrohen Kronion.
Dort, den blühenden Leib im Pannesosstrome gebadet,
Oder der Hippokren', und der heiligen Flut Olmeios,
Auf der erhabensten Kuppe des Helikon ordnen sie Chorreihn,
Lieblich und anmutsvoll, mit behend' umfliegendem Fußtritt.
Jezo im Schwung von der Höhe, gehüllt in finsteren Nebel,

Wandeln sie nächtlich herab, holdselige
   Stimmen erhebend,
Feirend den Donnerer Zeus, und die ehr-
   furchtwürdige Here,
Argos' Macht, die herlich auf goldenen Solen
   einhergeht,
Auch des gewaltigen Zeus blauäugige
   Tochter Athene,
Föbos Apollon zugleich, und Artemis, froh
   des Geschosses,
Ihn auch, den Erderschüttrer, den Landum-
   stürmer Poseidon,
Themis, in achtbarer Würd', und Kypria,
   freudiges Blickes,
Hebe zugleich, mit Golde gekränzt, und die
   schöne Dione,
Eos, und Helios' Stärke zugleich, und die
   helle Selene,
Leto, Iapetos auch und den unausforschli-
   chen Kronos,
Erd', und dunkele Nacht, und Okeanos, groß
   und gewaltig,
Und der Unsterblichen mehr vom heiligen
   Stamme der Götter.

Jene lehreten auch dem Hesiodos schönen
   Gesang einst,
Als er die Lämmer besorgt' an des heiligen
   Helikons Abhang.
Also redeten mich die Göttinen selber
   zuerst an,
Sie, die olympischen Musen, des Ägiser-
   schütterers Töchter:

Hirten der Flur, unnüz hinträumende,
    Bäuche nur einzig!
Wir verstehn viel Falsches, wie Wirklichem
    gleich zu verkünden;
Wir verstehn, wenn wir wollen, auch anzu-
    sagen die Wahrheit.

Also sprachen die Musen, des Zeus wohlre-
    dende Töchter.
Und sie verliehn mir den Stab, ein Gesproß
    frischgrünendes Lorbers
Brechend, bewunderungswerth; und
    hauchten mir süßen, Gesang ein,
Göttlichen, daß ich priese, was sein wird,
    oder zuvor war;
Hießen mich dann das Geschlecht der un-
    sterblichen Seligen feiern,
Ihrer selbst im Beginn und im Ausgang'
    immer gedenkend.
Aber warum mir gefabelt vom Eichbaum
    oder vom Felsen?

Auf du! sei von den Musen der Anfang,
    welche dem Vater
Zeus durch Hymnen erfreun den erhabenen
    Sinn im Olympos,
Redend alles, was ist, was sein wird, oder
    zuvor war,
Mit einträchtigem Klang: fort strömt uner-
    müdet der Wohllaut
Ihrer Kehl' anmutig; es lacht der Palast, wo
    der Vater,
Zeus der Donnerer, wohnt, wie der Göt-

tinnen heller Gesang sich
Weit ausgiest; und es hallen die Höhn des beschneiten Olympos,
Jed' ein Götterpalast. Doch sie, mit unsterblicher Stimme,
Feiern im Liede zuerst das Geschlecht ehrwürdiger Götter
Seit dem Beginn, die die Erde gezeugt und der wölbende Himmel,
Und, die aus jenen entsproßt, die seligen Geber des Guten.
Weiter darauf den Zeus, der Menschen und Ewigen Vater,
Preisen sie hoch, anfangend und endigend mit dem Gesange,
Wie er den Ewigen weit an Gewalt vorraget und Allmacht.
Dann auch sterblicher Menschen Geschlecht, und starker Giganten,
Machen sie kund, zu erfreun Zeus' waltenden Sinn im Olympos,
Sie, die olympischen Musen, des Ägiserschütterers Töchter.
Auf der pierischen Höhe, mit Zeus dem Vater vereinigt,
Zeugte Mnemosyne sie, die Eleuthers Fluren beherschet:
Trost dem Leide zu sein, und Linderung aller Betrübnis.
Denn neun Nächte gesellte sich ihr der Ordner der Welt Zeus,
Von den Unsterblichen fern ihr heiliges Lager besteigend.

Als nun endlich das Jahr von den kreisenden
    Horen erfüllt ward,
Und mit dem wechselnden Monde sich viel
    der Tage vollendet;
Trug neun Töchter sie dar, gleichsinnige,
    stets des Gesanges
Eingedenk, in der Brust unsorgsame Herzen
    bewahrend,
Wenig vom obersten Gipfel entfernt des be-
    schneiten Olympos,
Wo sie der festlichen Tänze sich freun, und
    der prangenden Wohnung.
Auch die Chariten dort und Himeros
    wohnen nachbart,
Froh der Gelag'; und dem Mund' holdselige
    Stimmen entsendend,
Singen sie dann, und aller Unsterblichen
    Bräuch' und geweihte
Ordnungen preisen sie hoch mit melodischer
    Stimmen Erhebung.
Jene nun stiegen im Jubel des schönen Ge-
    sangs zum Olympos,
Mit ambrosischem Chor; weit über die dun-
    kele Erd' hin
Tönte das Lied, und es scholl der geordneten
    Tritte Gestampf auf,
Wie zu dem mächtigen Vater sie wandelten.
    Dieser im Himmel
Herscht, den entflammeten Bliz in der Hand,
    und den hallenden Donner,
Seit er dem Kronos an Macht obsiegete; wohl
    auch vertheilt' er
Unter die Ewigen alles zugleich, und be-

stimmte die Ehren.

Dies nun sangen die Musen, olympische
    Häuser bewohnend,
Neun aufblühende Töchter des mächtigen
    Zeus Kronion:
Kleio, Melpomene auch, Terpsichore dann,
    und Thaleia,
Polyhymnia dann, und Urania, samt der
    Euterpe,
Erato auch, und die edle Kalliope, welche
    den Schwestern
Weit vorragt; denn sie waltet der ehrenvollen
    Gebieter.
Wen mit ehrendem Blicke die freundlichen
    Töchter Kronions
Bei der Geburt anschaun, von den gottbese-
    ligten Herschern,
Dem wird sanft die Zunge mit süßem Thaue
    beträufelt,
Und ihm gleitet wie Honig die Red' hin.
    Siehe, die Völker
Schauen gesamt auf ihn, der Urtheil spricht
    und Entscheidung
Nach durchgehendem Recht; denn mit Nach-
    druck redet er treffend,
Und weiß schnell auch ein großes Gezänk zu
    versöhnen; mit Klugheit.
Darum sind Volkspfleger verstandvoll, daß
    sie den Völkern
Öffentlich vollen Ersaz für Beleidigung
    schaffen und Kränkung,
Sonder Bemühn, zuredend mit sanft einneh-

menden Worten.
Aber durchgeht er die Stadt, wie ein Gott rings wird er geehret
Mit anmutiger Scheu; und er ragt in des Volkes Versammlung.
Also verleihn die Musen den Sterblichen heilige Mitgift.
Denn durch der Musen Geschenk und des treffenden Föbos Apollon
Sind die Männer des Liedes und Harfengetöns auf der Erde;
Aber durch Zeus Volkspfleger. O Seliger, welchem die Musen
Huldreich nahn! wie strömet ihm süß vom Munde der Wohllaut!
Denn wenn einer mit Gram in frischverwundetem Herzen
Starr dasizt, und das Leben sich abhärmt, aber ein Sänger
Treu im Dienste der Musen die löblichen Thaten der Vorwelt
Preist im Gesang', und die Götter auf seligen Höhn des Olympos;
Schnell durchdringt ihn des Leides Vergessenheit keiner Betrübnis
Denkt er hinfort, ihm lenkte der Göttinnen Gabe das Herz um.

Heil euch, Kinder des Zeus! gebt lieblichen Ton' des Gesanges!
Rühmt nun den heiligen Stamm der unsterblichen ewigen Götter,
Welche die Erde gezeugt und der sternum-

leuchtete Himmel,
Auch die düstere Nacht, und wie viel' aufnährte die Salzflut.
Sagt mir denn, wie Götter zuerst und Erde geworden,
Auch die Ström', und des Meers endlos aufstürmender Abgrund,
Auch die leuchtenden Stern' und der weit umwölbende Himmel;
Und, die aus jenen entsproßt, die seligen Geber des Guten,
Wie sie das Reich sich getheilt, und göttliche Ehren gesondert,
Und wie zuerst sie behauptet den vielgewundnen Olympos.
Dies nun meldet mir, Musen, olympische Häuser bewohnend,
Seit dem Beginn, und saget, wie eins von jenen zuerst ward.

Siehe, vor allem zuerst ward Chaos; aber nach diesem
Ward die gebreitete Erd', ein daurender Siz den gesamten
Ewigen, welche bewohnen die Höhn des beschneiten Olympos,
Tartaros' Graun auch im Schooße des weitumwanderten Erdreichs,
Eros zugleich, der, geschmückt vor den Ewigen allen mit Schönheit,
Sanft auflösend, den Menschen gesamt und den ewigen Göttern
Bändiget tief im Busen den Geist und be-

dachtsamen Rathschluß.

Erebos ward aus dem Chaos, es ward die
    dunkele Nacht auch.
Dann aus der Nacht ward Äther und
    Hemera, Göttin des Lichtes,
Welche sie beide gebar von des Erebos
    trauter Empfängnis.
Aber die Erde zuerst erzeugete, ähnlich ihr
    selber,
Ihn den sternichten Himmel, daß ganz er
    umher sie bedeckte,
Stets unerschütterte Veste zu sein den seligen
    Göttern.
Auch die hohen Gebirge, der Göttinnen lieb-
    liche Wohnung,
Zeugete sie, wo Nymfen durch waldige
    Krümmen umhergehn.
Auch das verödete Meer mit stürmender
    Woge gebar sie,
Ohne befruchtende Liebe, den Pontos; aber
    nach diesem,
Zeugte der Himmel mit ihr des Okeanos[1]
    strudelnden Herscher,
Köos auch, und Kreios, Iapetos, und
    Hyperion,
Theia sodann, und Rheia, Mnemosyne dann,
    mit der Themis,
Föbe die goldgekränzte sodann, und die lieb-
    liche Tethys.
Dann erwuchs auch der jüngste, der unaus-
    forschliche Kronos,
Er, das schrecklichste Kind, dem der blü-

hende Vater verhaßt war.
Wieder gebar sie darauf die ungeheuren
 Kyklopen,
Brontes, und Steropes auch, und Arges, tro-
 ziger Kühnheit,
Welche dem Zeus darboten den Bliz, und
 schufen den Donner.[2]
Deren Gestalt war ganz im Übrigen ähnlich
 den Göttern,
Aber ein einziges Aug' entfunkelte mitten
 der Stirne;
Auch ihr Name bezeugt Rundäugige, weil
 den Kyklopen
Rund ein einziges Aug' an der mächtigen
 Stirne hervorschien;
Doch war Kraft und Gewalt und Erfindungs-
 gabe zur Arbeit.
Andere wurden annoch von Erd' und
 Himmel gezeuget,
Drei großmächtige Söhn' und gewaltige,
 graulich zu nennen:
Kottos, und Gyges zugleich, und Briareos,
 stolze Gebrüder.
Hundert Riesenarm' entstrebeten ihren
 Schultern
Ungeschlacht, und fünfzig entsezliche
 Häupter auf jedem
Wuchsen daher von der Schulter, bei unge-
 heuren Gliedern:
Groß war aber die Kraft bei der großen Ge-
 stalt, und unnahbar.

Jene, so viel von Gäa und Uranos wurden

erzeuget,
Waren der schrecklichsten Art, und verhaßt dem eigenen Vater,
Seit dem Beginn; und wie eines davon nur eben hervorging,
Barg sie alle hinweg, und ließ sie nimmer an Tagslicht,
Dort im Winkel des Lands; denn es freute sich schädlicher Unthat
Uranos. Doch es erseufzt' im Innersten Gäa die Riesin,
Schwer beklemmt; und zum Trug' ersann sie verderbliche Arglist.
Schnell, nachdem sie bereitet den Stoff grauschimmerndes Demants,
Schuf sie die mächtige Hipp', und gab den Erzeugten Belehrung.
Mut einredend begann sie, das Herz voll großer Betrübnis:

Kinder von mir und dem Vater, dem Freveler, wolltet ihr jezo
Folgsam sein, wir straften an euerem Vater die schnöden
Kränkungen; denn er zuerst verübele Thaten des Unfugs.

Jene sprachs; doch sie alle durchdrang Furcht; keiner von ihnen
Redete. Mut nun faßte der unausforschliche Kronos,
Und er sagte darauf der achtbaren Mutter die Antwort:

Mutter, ich selbst wohl möcht' einwilligend
jezo vollenden
Diese That; mir ist ja der übelnamige
Vater
Widerlich; denn er zuerst verübele Thaten
des Unfugs.

Also der Sohn; und innig erfreute sich Gäa
die Riesin.
Ihn nun barg sie im Halte versteckt, und fügt'
in die Hand ihm
Die scharfzahnige Hipp', und ordnete allen
Betrug an.
Jezt herführend die Nacht kam Uranos, und
um die Gäa
Breitet' er liebend sich aus, voll Lüsternheit
übergedehnet,
Ringsher. Aber es fuhr aus dem Halte der
Sohn mit der Linken
Aufwärts, und mit der Rechten ergrif er die
mächtige Hippe,
Lang und scharfgezahnt, und die Kraft des
eigenen Vaters
Mähet' er schleunig hinweg, und zurück die
geschwungene warf er
Hinter sich. Jene nunmehr floh nicht aus der
Hand ihm vergebens:
Denn so viel auch Tropfen entrieselten pur-
purnes Blutes,
All' empfing sie die Erd'; und in rollender
Jahre Vollendung
Wuchsen Erinnyen gräßlich hervor, und
große Giganten,

Hell von Waffen umblinkt, langragende
   Speer' in den Händen,
Auch die man melische Nymfen benamt im
   unendlichen Weltraum.
Aber die Kraft wie er solche, sobald sie ent-
   mähet der Demant,
Nieder warf bei Epeiros zum weitaufwo-
   genden Abgrund,
Also wallte sie lange das Meer durch. Weiß
   dann erhub sich
Schaum dem unsterblichen Leib ringsum, in
   welchem ein Mägdlein
Aufwuchs. Siehe, zuerst dem heiligen Lande
   Kythera
Nahte sie, dorther dann der meerumflos-
   senen Kypros.
Jezo entstieg die schöne, die herliche Göttin;
   da Kräuter
Unter dem niedlichen Fuß sie umblüheten.
   Doch Afrodite
Nennen sie Götter sowohl als Sterbliche, weil
   sie aus Meerschaum
Aufwuchs; und Kythereia, dieweil bei Ky-
   thera sie antrieb.
Eros begleitete sie, auch Himeros folgte, der
   schöne,
Als sie, die Neugeborne, zur Schaar der Un-
   sterblichen hinging.
Doch dies ward vom Beginn ihr Ehrenamt
   und geloostes
Antheil unter den Menschen und ewigwal-
   tenden Göttern:
Jungfraunhaftes Gekos', anlächelnder Blick

und Bethörung,
Auch holdselige Lust, Liebreiz, und schmei-
 chelnde Anmut.

Jen' izt nannte Titanen mit strafendem
 Namen der Vater
Uranos, gegen die Kinder entbrannt, die er
 selber gezeuget;
Denn er sprach, ausstreckend die Hand in
 frevelem Leichtsinn
Hätten sie Großes verübt, dem einst nach-
 folgte die Ahndung.

Kinder der Nacht sind das grause Geschick,
 und die dunkele Ker auch,
Samt dem Tod', und dem Schlaf, und dem
 schwärmenden Volke der Träume;
Keinem gesellt in Liebe gebar sie die finstere
 Göttin.
Weiter den Momos darauf, und die hart an-
 fechtende Mühsal,
Hesperiden zugleich, jenseit der Okeanoss-
 trömung,
Die Goldäpfel bewachen, und Goldfrucht
 tragende Bäume;
Auch die Mören gebar sie, die grausam stra-
 fenden Keren,
Welche, der Menschen und Götter Verge-
 hungen strenge verfolgend,
Nie, die Göttinnen! ruhn vom schrecklichen
 Grimme des Zornes,
Bis sie verderbliche Rach' an jedem geübt,
 der gesündigt.

Jezo die Nemesis auch, den sterblichen Menschen zum Unheil,
Zeugte die Nacht; hierauf den Betrug und die Liebe gebar sie,
Auch unseliges Alter, und hart anringende Zwietracht.
Eris, der Zwietracht Göttin, gebar mühselige Arbeit,
Auch Vergessenheit, Hunger zugleich, und thränende Schwermut,
Kriegesschlacht, und Gefecht, und Mord, und Männervertilgung,
Hader, und teuschende Wort', und Gegenworte des Eifers,
Ungesez, und Schuld, die vertraut umgehn mit einander;
Auch den Eid, der am meisten den sterblichen Erdebewohnern
Schaden bringt, wenn einer mit Fleiß Meineide geschworen.

Nereus, den wahrhaften Gott, den untrüglichen, zeugete Pontos,
Ihn den ältesten Sohn; man nennt ihn aber den Meergreis,
Weil er unfehlbar ist, ein Freundlicher, welcher, dem Unfug
Nimmer geneigt, nur gerechten und freundlichen Handlungen nachsinnt.
Weiter den mächtigen Thaumas darauf, und den mutigen Forkys,
Zeugt' er, der Gäa gesellt, und die rosenwangige Keto,

Auch Eurybia, starr wie des Demants Härte
gesinnet.

Nereus aber gewann hochherliche Kinder
von Nymfen
In dem verödeten Meer, und der ringello-
ckigen Doris,
Ihr des Okeanos Tochter, des allumgren-
zenden Stromes:
Proto, Eukráte zugleich, und Amfitrite,
mit Sao,
Thetis auch, und Galene, zugleich Eudora,
mit Glauka,
Speio, Kymóthoe dann, auch Thália, liebli-
cher Anmut,
Melite dann voll Reizes, Eulimene dann, und
Agaue,
Erato dann, und Pasithea dann, mit der
schönen Euneike,
Doto zugleich, und Ploto, Dynamene dann,
und Ferusa,
Auch Aktäa, Nesäa zugleich, und Pro-
tomedeia,
Doris, und Pánope dann, und die edle Ge-
stalt Galateia,
Auch Hippothoe dann, und Hipponome, ro-
siges Armes,
Auch Kymódoke, welche die Wog' in der
dunkelnden Salzflut,
Und raschwandelnder Wind' Anhauch, mit
Kymatolege
Leicht zu besänftigen weiß, und der rüstigen
Amfitrite;

Kymo, Eïone dann, und im herlichen Kranz
  Halimede,
Pontoporeia zugleich, und Glaukonome,
  freundliches Lächelns
Laomedeia, Leiagore dann, Euagore
  nächst ihr,
Auch, mit Polynome dann und Autonoe, Lysianassa,
Auch Euarne, gefällig an Wuchs, untadliches
  Ansehns,
Psamathe dann, von holder Gestalt, und die
  hehre Menippe,
Neso, Eupompe zugleich, auch Pronoe, samt
  der Themisto,
Auch Nemertes, vom Geiste beseelt des unsterblichen Vaters.
Diese gesamt entsprossen dem unvergleichbaren Nereus,
Fünfzig blühende Töchter, untadlicher Werke
  verständig.

Thaumas erkohr des tiefen Okeanos Tochter
  Elektra
Sich zum Weib': ihm gebar sie die hurtige
  Iris, darauf auch
Schöngelockte Harpyen, Okypete, samt der
  Aëllo:
Welche der Wind' Anhauch und himmlische
  Vögel erreichen,
Rasch mit der Fittige Schwung; denn sie
  heben sich über die Luft hin.

Keto gebar dem Forkys die rosenwangigen

Gräen,
Seit der Geburt schon grau, die drum Grauhaarige nennen
So unsterbliche Götter, wie sterbliche Erdebewohner,
Schön Pefredo im Schmuck, und im Safranmantel Enyo:
Auch der Gorgonen Geschlecht, jenseit des Okeanos wohnend,
Hart an der Grenze der Nacht, bei den singenden Hesperiden,
Stheino, Euryale auch, und die jammervolle Medusa.
Sie war sterblich allein, doch Tod so wenig wie Alter
Kannten die zwo: mit der einen verband sich der Finstergelockte,
Auf sanftgrasiger Wies', in des Frühlinges Blumengewimmel.
Aber da Perseus jezo das Haupt ihr vom Halse gehauen,
Stürmte der große Chrysaor hervor, und Pegasos wiehernd.
Pegasos wurde benamt von den nahen Okeanosquellen:
Und von dem goldenen Sehwert, das die Hand' ihm füllte, Chrysaor.
Jener, im Flug' auffahrend vom heerdeweidenden Erdreich,
Kam zu der Götter Geschlecht, und wohnt im Palaste Kronions,
Donner und Bliz zu tragen für Zeus, den waltenden Herscher.

Den dreihauptigen Riesen Geryones zeugte Chrysaor,
Mit der Kalliroe buhlend, des edlen Okeanos Tochter.
Diesen erschlug und enthüllte die hohe Kraft Herakles,
Beim schwerwandelnden Vieh, in dem Fruchteiland' Erytheia,
Jenes Tags, da den Schwarm breitstirniger Rinder gen Tiryns
Heiligen Fluren er trieb; denn durch des Okeanos Enge
Fuhr er, und schlug den Wärter Eurýtion nieder, und Orthros,
Dort in dem dunklen Geheg, jenseit der Okeanosströmung.

Jene gebar von neuem ein unausringbares Scheusal,
Ungleich sterblichen Menschen sowohl, wie unsterblichen Göttern,
In dem gehöhleten Fels, die grausame Göttin Echidna:
Halb schönwangige Nymfe, mit freudiger Schnelle des Blickes,
Halb unermeßliche Schlang', in furchtbare Größe gedehnet,
Buntgefleckt, rohfressend im Schooß des heiligen Landes.
Dort ist unten die Kluft ihr gehöhlt in die Tiefe des Felsens,
Fern von sterblichen Menschen hinweg und unsterblichen Göttern;

Denn dort liehn ihr die Götter die ruchtbare
  Wohnung zum Antheil:
Graunvoll unter der Erd' in Arima hauset
  Echidna,
Sie die unsterbliche Nymf' in stets unalten-
  der' Jugend.

Ihr dann, sagen sie, nahte mit traulicher
  Liebe Tyfaon,
Ein unbändiger Wind, der freudigblickenden
  Jungfrau,
Und die begattete trug und gebar hartherzige
  Kinder.
Siehe, den Orthros gebar sie zuerst, des
  Gerýones Wachthund;
Hierauf trug sie das grause, das unausprech-
  liche Scheusal,
Kerberos, Aïdes Hund mit ehernem Laut,
  den Verschlinger,
Voll schamloser Gewalt, den funfzighaup-
  tigen Wütrich.
Drauf zum dritten gebar sie die unheilsin-
  nende Hyder
Lerna's, welche genährt die lilienarmige
  Here,
Ewigen Groll nachtragend der hohen Kraft
  Herakles.
Doch Zeus' Sohn hat diese mit grausamem
  Erze gebändigt,
Er, der Amfitryonid', und der streitbare Held
  Iolaos,
Weisem Rath der Athene, der Beutegewähre-
  rin, folgsam.

Auch die Chimära gebar sie, die flammende
   Glut mit Gewalt blies,
Ungeheuer und graß, machtvoll und stürmi-
   sches Anlaufs.
Und sie erhub drei Häupter: des funkelnden
   Löwen war eines,
Dieses der Geiß, und jenes des machtvoll
   schlängelnden Drachen.³
Ihr gab Pegasos Tod, und der tapfere Bel-
   lerofontes.
Auch die verderbliche Fix, zum Weh der
   Kadmeier, gebar sie
Durch des Orthros Verein, und den nemeiäi-
   schen Löwen:
Den einst Here genährt, Zeus' rühmliche La-
   gergenossin,
Und zum Verderb der Menschen gesandt in
   die Fluren Nemeia's.
Dort herbergt' er umher, und betrog viel
   Menschengeschlechter,
Ringsum herschend in Tretos, in Apesas, und
   in Nemeia;
Doch ihn bezwang obsiegend die hohe Kraft
   Herakles.

Keto gebar auch den jüngsten, genaht in
   Liebe dem Forkys,
Ihn, den entsezlichen Drachen, der tief in der
   westlichen Erdbucht,
Draußen am Ende des Alls, hochgoldene
   Äpfel behütet.
Dieses Geschlecht hat Forkys erzeugt mit der
   göttlichen Keto.

Tethys aber gebar dem Okeanos wirbelnde
   Ströme:
Neilos, Eridanos auch, den Strudeler, und
   den Alfeios,
Strymon, Mäandros zugleich, und den
   schönhinflutenden Istros,
Auch Acheloos mit Silbergeroll, auch Rhesos,
   und Fasis,
Nessos, und Rhodios auch, Heptaporos, und
   Haliakmon,
Simois dann, den gefeirten, Granikos dann,
   mit Äsepos,
Hermos, und, mit Peneios, den wasserrei-
   chen Kaïkos,
Ladon, Parthenios auch, und des großen San-
   garios Gottheit,
Auch Euenos, Ardeskos zugleich, und den
   edlen Skamandros.

Töchter gebar sie darauf, hochheilige, welche
   des Erdreichs
Männer zur Reif aufnähren, sie selbst und
   der Herscher Apollon,
Auch die Ströme; denn solches beschied
   Zeus ihnen zum Antheil.
Peitho, Admete zugleich, Ianthe sodann, und
   Elektra,
Doris, und Prymno zunächst, und Urania,
   göttlicher Bildung,
Klymene, Rhodia auch, Kalliroe dann, mit
   der Hippo,
Zeuxo, und Klytie dann, und Pasithoe, samt
   der Idya,

Galaxaure, Plexaure zugleich, und die holde
  Dione,
Thoe, Melóbosis dann, und die edle Gestalt
  Polydora,
Dann, mit der schönen Kerkeïs, die hoheitbli-
  ckende Pluto,
Xanthe, samt Ianeira, Perseïs auch, und
  Akaste,
Auch Europa, Menestho zugleich, und die
  schlanke Peträa,
Metis, Eurýnome dann, und im Safranmantel
  Telestho,
Asia dann, Kreseïs darauf, und die hehre
  Kalypso,
Tyche, mit Amfiro dann, und Okýroe, samt
  der Eudora,
Styx auch, welche vor allen in höherer
  Würde hervorragt.
Diese von Tethys zugleich und Okeanos
  stammenden Töchter
Sind durch Alter erhöht; auch giebts noch
  viele der andern.
Denn drei Tausende sind leichtfüßiger
  Okeaninen,
Welche verstreut in Menge das Land und die
  Gründe des Meeres
Ringsumher durchschalten, der Göttinnen
  herliche Kinder.
Eben so viel auch sind dumpfrauschender
  Ströme noch übrig,
Sie, des Okeanos Söhn', und der ehrfurcht-
  würdigen Tethys:
Welche gesamt mit Namen ein Sterblicher

schwerlich benennet;
Doch sie kennen für sich die zunächst an-
    wohnenden Männer.

Theia gebar voll Glanzes den Helios, und die
    Selene,
Eos auch, die allen den Erdbewohnenden
    leuchtet,
Und den Unsterblichen rings im weitumwöl-
    benden Himmel:
Diese gebar einst Theia der liebenden Macht
    Hyperions.

Aber dem Krios gebar Eurybia mächtige
    Söhne,
Pallas samt Asträos, die hoch vorragende
    Göttin,
Perses auch, der vor allen an kundigem
    Geiste sich ausnahm.
Eos gebar dem Asträos die Wind' unbändiges
    Mutes,
Zefyros, blaßumschaurt, und Boreas, stür-
    misch im Anlauf,
Notos auch, da in Liebe zum Gott sich die
    Göttin gelagert.
Auch den Fosforos jezo gebar die heilige
    Frühe,
Samt den leuchtenden Sternen, womit sich
    kränzet der Himmel.

Styx, des Okeanos Tochter, gebar aus des
    Pallas Gemeinschaft
Zelos zugleich im Palast, und die hold an-

wandelnde Nike;
Dann auch Kraft und Gewalt, hochherliche Kinder, gebar sie.
Nimmer von Zeus ist ihnen entfernt, Haus weder, noch Sizung,
Nimmer ein Gang, wo nicht der geleitende Gott sie daherführt;
Sondern sie wohnen mit Zeus, dem Donnerer, immer gemeinsam.
Denn das ordnete Styx, die unsterbliche Okeanine,
Jenes Tags, da umher der olympische Stralenentschwinger
Alle die ewigen Götter berief zum hohen Olympos.
Welcher Gott, so sprach er, mit ihm die Titanen bekämpfte,
Niemals sollt' er der Ehren beraubt sein, sondern ein jeder
Trüge die vorige Würd' in der ewigen Götter Versammlung;
Aber wer ganz ungeehrt und amtlos wäre bei Kronos,
Würd' er zu Amt und Ehre, wie recht und billig, erheben.
Siehe, zuerst kam Styx, die unsterbliche, zu dem Olympos,
Führend die Kinder zugleich, auf den Rath des lieben Erzeugers.
Sie nun ehrete Zeus, und verlieh ausnehmende Gaben:
Denn sie selbst bestimmt' er zum heiligen Schwure der Götter,

Und die Kinder zu sein ihm selbst Mitwohner auf ewig.
So auch allen gesamt vollendet' er, was er gelobet,
Sonder Fehl; und er selber gebeut und herschet mit Allmacht.

Föbe naht' in Liebe des Köos reizendem Lager;
Und nachdem sie empfangen, vom Gott die Göttin, gebar sie
Leto in dunklem Gewande, die immer freundliche Tochter,
Mild den sterblichen Menschen gesinnt, und unsterblichen Göttern,
Freundlich schon vom Beginn, die sanfteste auf dem Olympos.
Auch die gepriesene Tochter Asteria trug sie, die Perses
Führte zum großen Palast, als trauliche Lagergenossin.
Und sie empfing vom Gatten die Hekate, welche vor allen
Zeus Kronion geehrt, und glänzende Gaben ihr darbot,
Schicksalsmacht auf der Erd' und dem endlos wildernden Meere;
Auch vom sternigen Himmel zugleich ward Ehrengeschenk ihr,
Und hoch ist sie vor allen geehrt den unsterblichen Göttern.
Denn auch jezt, wann einer der erdebewohnenden Menschen

Nach dem Gesez darbringet ein heiliges
   Opfer der Sühnung,
Ruft er die Hekate an: und große Verherli-
   chung folgt ihm
Leicht, woferne mit Huld sein Flehn anhörte
   die Göttin;
Reichthum schenket sie auch; weil Macht
   und Vermögen ihr beiwohnt.
Denn so viel von Gäa und Uranos wurden
   erzeuget,
Und mit Ehren belehnt, von allen geneußt sie
   ein Antheil.
Nichts auch hat der Kronide mit Zwang ihr
   wieder geraubet,
Was in der Urherschaft der titanischen Götter
   ihr zufiel;
Sondern sie hat, was vom ersten Beginn ihr
   gemessen die Theilung.
Nicht ist gekürzt ihr die Ehr', als eingebo-
   renen Göttin,
Deren Gewalt ausgeht durch Erd' und
   Himmel und Meerflut;
Nein weit herlicher noch, weil Zeus Kronion
   sie ehret.
Welchem sie will, dem naht sie mit Hülf und
   kräftigem Beistand;
Und hoch raget er, welchen sie will, in des
   Volkes Versammlung.
Wann zur vertilgenden Schlacht ausziehn die
   gerüsteten Männer,
Dann auch, welchen sie will, naht stets mit
   Hülfe die Göttin,
Huldreich Sieg zu verleihn, und Ruhm zu ge-

währen und Obmacht;
Auch im Gericht sizt jene bei ehrenvollen Gebietern.
Gut dann ist sie, wo Männer die Kraft' anstrengen im Wettkampf,
Weil auch dort die Göttin mit Hülf annahet und Beistand;
Wer nun siegte mit Stärk' und Tapferkeit, träget das Kleinod
Leicht davon, und fröhlich gewähret er Ruhm den Erzeugern.
Dann den Reisigen, welchen sie will, ist sie gute Gehülfin;
Jenen auch, welche des Meers aufstürmende Bläue durchstreben,
Und zu der Hekate flehn, und dem brausenden Ländererschütterer.
Leicht auch genügenden Fang verleiht die gepriesene Göttin,
Leicht den erscheinenden hebt sie hinweg, wie der Wille sie antreibt.
Gut dann ist sie, zu mehren der Stallungen Vieh mit Hermeias;
Zucht und Triften der Rinder, und schweifende Ziegenheerden,
Und schönvließiger Schaf Anwachs, wie der Wille sie antreibt,
Macht sie aus wenigen groß, und klein aus mächtigen wieder.
Also fürwahr, obgleich nur eingeborene Tochter,
Ward vor den Ewigen allen sie hoch mit Würden verherlicht.

Und sie hieß der Kronid' als der Jünglinge
 Nährerin walten,
Welche nach ihr aufblickten zum Glanz der
 erleuchtenden Eos.
So vom Beginn der Jugend Ernährerin; so
 auch die Ehren.

Rheia, gesellt zum Kronos, gebar hochher-
 liche Kinder,
Hestia, und, mit Demeter, die goldgeschu-
 hete Here,
Dann des Aïdes Macht, der in unterirdischer
 Wohnung
Haust, unerbarmendes Sinns, und den brau-
 senden Ländererschüttrer,
Auch den waltenden Zeus, der Götter und
 Sterblichen Vater,
Dem, wenn er Donner entschwingt, das ge-
 breitete Land weit aufbebt.
Diese verschlang nun Kronos, der schreckli-
 che, so wie ein jeder
Aus der Gebärerin heiligem Schooß auf die
 Kniee gesezt ward:
Dessen besorgt, daß nicht der erhabenen
 Uranionen
Einst ein anderer nähme die Königswürde
 der Götter.
Denn ihm vertraut' einst Gäa und Uranos'
 sternige Gottheit,
Daß von dem eigenen Sohne bevor ihm
 stände Bezwingung,
Ihm, wie gewaltig er war, durch Zeus' des er-
 habenen Rathschluß.

Drum nicht achtlos schaute der Gott; nein, spähend mit Sorgfalt,
Schlang er die Kinder hinab; und gebeugt ward Rhea von Unmut.
Aber da Zeus nun nahte, der Götter und Sterblichen Vater,
Zu der Geburt, jezt bat sie mit Flehn die trautesten Eltern,
Beide, die Gäa zugleich, und Uranos' sternige Gottheit,
Auszusinnen den Rath, wie geheim sie möchte gebären
Ihren Sohn, und strafen die schreiende That des Erzeugers,
Da er die Kinder verschlang, der unausforschliche Kronos.
Jene vernahmen sie aufmerksam, und gehorchten der Tochter.
Und sie thaten ihr kund, wie viel zu geschehen bestimmt war,
Wegen des herschenden Kronos und seines gewaltigen Sohnes;
Sandten sie dann gen Lyktos, in Kreta's fruchtbares Eiland,
Als ihr die Stund' annahte, den jüngsten Sohn zu gebären,
Zeus, den erhabenen Gott: den verhieß dort Gäa die Riesin
Aufzuziehn und zu pflegen in Kreta's weitem Gefilde.
Jezt hintragend das Kind durch der Nacht schnellfliehendes Dunkel,
Kam sie gen Lyktos zuerst; und sie nahm mit

den Händen, und barg es
Unter dem hohen Geklüft, im Schooß des heiligen Landes,
An dem ägäischen Berg voll dichtverwachsener Waldung.
Einen gewaltigen Stein nun reichte sie jenem in Windeln,
Uranos' herschendem Sohn, der Unsterblichen vorigem König.
Den mit den Händen umfaßt' er, und sandt' in den Bauch ihn hinunter:
Rasender, welchem der Geist nicht ahndete, daß für die Zukunft
Statt des Gesteins sein Sohn, unbeschädiget und unbesiegbar
Nachblieb, der bald würde, mit mächtigem Arme bezwingend,
Ihn von der Ehr' ausstoßen, und selbst obwalten den Göttern.
Schleuniges Triebs nun wuchsen die Kraft und die stattlichen Glieder
Jenem Beherscher empor; und nach rollender Jahre Vollendung,
Durch der Gäa Entwurf, den schlau erdachten, belistet,
Gab sein Geschlecht er zurück, der unausforschliche Kronos,
Als ihn gebändiget List und Gewalt des eigenen Sohnes.
Aus nun brach er zuerst den Stein, den zulezt er verschlungen.
Diesen befestigte Zeus auf dem weitumwanderten Erdreich,

In der geheiligten Pytho, am windenden
   Hang des Parnasos,
Zeichen zu sein forthin, den sterblichen Menschen ein Wunder.
Auch aus verderblichen Banden die Oheim',
   Uranos' Söhne,
Löset' er, welche der Vater mit thörichtem
   Sinne gefesselt.
Diese vergalten ihm dann aus dankbarem
   Herzen die Wohlthat;
Denn sie gewähreten Donner und Bliz, und
   rollender Wetter
Leuchtungen: welche zuvor einhüllete Gäa
   dies Riesin.
Deren getrost, hält jener in Obhut Menschen
   und Götter.

*Prometheus, Heinrich Fueger (1817)*

Aber Iapetos rührte die reizende Okeanine
Klýmene heim zum Gemach, und bestieg das gemeinsame Lager.
Diese gebar ihm Atlas, den Sohn unbändiger Kühnheit,
Ferner den ehrsuchtvollen Menötios, auch den Prometheus,
Reich an Entwurf, und gewandt, und den thörichten Sohn Epimetheus,
Der vom Beginn Weh schuf den erfindsamen Menschenkindern;
Weil er zuerst als Gattin von Zeus die gebildete Jungfrau
Annahm. Aber den Trozer Menötios sandte Kronion
Zeus in des Erebos Schlund mit schmetternder Flamme des Donners,
Wegen des frevelen Muts und der übergewaltsamen Mannskraft.
Atlas hält aus Zwang den weitumwölbenden Himmel,
Fern an des Erdreichs Saum, vor den singenden Hesperiden
Stehend, empor mit dem Haupt und rastlos ringenden Armen.
Denn dies ward als Amt ihm ertheilt vom Ordner der Welt Zeus.
Fest dann zwängt' er in Bande den rathgeübten Prometheus,
Mit den gewaltsamen Banden die mittele Seule durchschlingend;
Und ihm sandt' er daher den weitgeflügelten Adler,

Der die unsterbliche Leber ihm fraß; doch völlig umher wuchs
Alles bei Nacht, was bei Tage der mächtige Vogel geschmauset.
Doch der behenden Alkmen' hochherziger Sohn Herakles
Tödtete den, und wehrte die bittere Pest des Verderbens
Von des Iapetos Sohn, und erlöst' ihn aus der Betrübnis:
Nicht ungebilligt von Zeus, dem olympischen Obergebieter,
Daß dem Herakles Ruhm, dem Thebegeborenen, würde,
Herlicher noch denn zuvor, auf dem nahrungssprossenden Erdreich.
Solches bedacht' er, und hob zu größerer Ehre den Sohn auf;
Und, wie er zürnete, legt' er den Zorn ab, den er zuvor trug,
Drum weil jener mit Rathe getrozt dem erhabnen Kronion.
Denn als einst sich verglichen die Götter und sterblichen Menschen
In Mekon', izt, freundlich gesinnt, zerleget' er theilend
Einen gewaltigen Stier, Zeus' göttlichen Sinn zu verleiten.
Dort das zerstückelte Fleisch und die fettumwachsnen Geweide
Legt' in der Haut er nieder, bedeckt mit dem rindernen Magen;

Dort die weißen Gebeine des Stiers, voll teuschender Arglist,
Ordnet' er wohlgelegt, mit schimmerndem Fette bedeckend.
Jezo begann zu ihm der Götter und Sterblichen Vater:

Du, des Iapetos Sohn, ruhmvoll vor allen Gebietern,
Trauter, du maßest die Theile mit nicht unbefangener Neigung.

Also in scherzendem Mut sprach Zeus voll ewiges Rathes.
Drauf antwortete jenem der schlaugewandte Prometheus,
Mit sanftlächelndem Aug', und vergaß der betrüglichen Kunst nicht:

Zeus, ruhmwürdig, und groß vor den ewigwaltenden Göttern,
Wähl' aus diesen den Theil, wie des Herzens Geist dir gebietet.

So sein trügliches Wort. Doch Zeus voll ewiges Rathes
Schauete, nicht unkundig, den Trug; und Böses im Herzen
Sann er den sterblichen Menschen, das bald zur Vollendung gereift war.
Siehe, mit beiden Händen erhob er das schimmernde Stierfett.

Und er ergrimmt' im Geist, und Zorn durch-
   tobte das Herz ihm,
Als er sahe das weiße Gebein, mit der teu-
   schenden Arglist.
Seit dem pflegen den Göttern die Stämm'
   erdbauender Menschen
Weißes Gebein zu verbrennen auf duftenden
   Opferaltären.
Wieder begann unmutig der Herscher im
   Donnergewölk Zeus:

Du, des Iapetos Sohn, vortrefflichster Kenner
   des Rathes,
Trautester, wahrlich du hast der betrüglichen
   Kunst nicht vergessen!

Also in zornigem Mut sprach Zeus voll
   ewiges Rathes.
Seit dem Tage darauf, rastlos des Betruges
   gedenkend,
Gab er den Elenden nicht die Gewalt uner-
   müdetes Feuers,
Jenen sterblichen Menschen, die weit um-
   wohnten das Erdreich.
Aber ihn teuschte mit List des Iapetos herlicher Sprößling,
Welcher geheim entwandte die Glut fernstralendes Feuers,
Drinnen im markigen Rohr. Das nagete tief in
   der Seele
Den hochdonnernden Zeus; und Zorn durch-
   wühlte das Herz ihm,

Als er sah bei den Menschen die Glut fernstralendes Feuers.
Schleunig darauf für das Feuer bereitet' er Böses den Menschen.
Denn aus der Erd' erschuf der hinkende Künstler Hefästos
Jungfrauengleich ein edles Gebild, nach dem Rathe Kronions.
Solche gürtete nun, und schmückte sie, Pallas Athene,
Fein mit Silbergewand; auch die köstliche Hülle des Hauptes
Fügte sie ihr mit den Händen geschickt, ein Wunder dem Anblick.
Ringsumher auch Kränze von neu aufblühenden Kräutern
Ordnete anmutsvoll um das Haupt ihr Pallas Athene.
Eine goldene Kron' auch sezte sie ihr auf die Scheitel,
Die er selber gemacht, der hinkende Künstler Hefästos,
Mit ausschaffender Hand, willfährig zu sein dem Kronion.
Drin war viel sinnreiches gefertiget, Wunder dem Anblick:
Unthier' aller Gestalt, wie das Land aufnährt und die Meerflut;
Deren erschuf er viel; und Anmut leuchtete ringsum,
Wundersam, denn sie schienen belebt und tönenden ähnlich.

Aber nachdem er bereitet das reizende Böse,
  für Gutes,
Führt' er sie hin, wo waren die anderen
  Götter und Menschen,
Sie die den Schmuck von Zeus' blauäugiger
  Tochter zur Schau trug.
Staunen ergrif nun Götter zugleich und
  sterbliche Menschen,
Als sie den schlüpfrigen Trug, unvermeidlich
  den Sterblichen, ansahn.

Denn ihr ist das Geschlecht der zartgebil-
  deten Weiber.
Unheilvoll ist solches Geschlecht; und die
  Stämme der Weiber
Wohnend zu Schaden und Leid in der sterbli-
  chen Männer Gemeinschaft,
Nicht dem harten Bedarf, nein schwelgender
  Üppigkeit folgend.
Wie in der Honigkörbe gewölbetem Baue die
  Bienen
Dronengezücht aufnähren, das Theil an
  bösem Geschäft hat;
Jene, den ganzen Tag bis spät zur sinkenden
  Sonne,
Fleißigen Tagarbeit, und baun weißzelliges
  Wachs auf;
Diese, daheim im Verschloß der gewölbeten
  Stöcke beharrend,
Mühen sich fremden Ertrag in die eigenen
  Bäuche zu sammeln:
Gleich so hat auch die Weiber zum Unheil
  sterblichen Männern

Zeus der Donnerer eingeführt, denn an
 schnödem Geschäfte
Haben sie Theil. Noch gab er ein anderes
 Böses für Gutes.
Wer aus Scheu vor der Eh' und den leidigen
 Thaten der Weiber
Nicht heiraten erkohr, und dem traurigen
 Alter genaht ist;
Mangelnd der Alterspflege, wenn auch nicht
 arm des Vermögens,
Lebet er; scheidet er dann, so theilen sich
 seine Besizung
Fremdlinge. Wem hingegen das Loos der
 Verehlichung zufiel,
Und ein tugendsam Weib sich gesellete, fest
 an Gesinnung:
Diesem von jeher trachtet das Bös' im
 Kampfe mit Gutem
Anzunahn. Wer aber von schädlicher Art sie
 gefunden;
Solcher lebt, in der Brust ein unablässiges
 Elend
Hegend für Geist und Herz, und es ist un-
 heilbar das Übel.
So kann keiner entgehn Zeus' Ordnungen,
 noch sie umschleichen.
Selbst nicht Iápetos Sohn, der Nothaushelfer
 Prometheus,
Wußte zu fliehn vor der Rache des Zürnen-
 den; sondern es hemmt ihn,
So vielkundig er ist, die gewaltige Fessel des
 Zwanges.

Als dem Briáreos jezo im Geist ergrimmte
 der Vater,
Auch dem Kottos und Gyges; da leget' er
 zwängende Band' an,
Bildung und Größ' anstaunend der mutigen
 Ungeheuer,
Und die Gewalt; fern aber verbannt' er sie
 unter das Erdreich:
Wo sie von Kummer gedrückt in unterirdi-
 scher Wohnung
Hausen am äußersten Ende des weitumwan-
 derten Landes,
Viel und lange gequält, ihr Herz voll großer
 Betrübnis.
Aber sie hat der Kronid' und die ändern un-
 sterblichen Götter,
Welche die lockige Rheia durch Kronos'
 Liebe geboren,
Wieder empor zum Lichte geführt, nach dem
 Rathe der Gäa.
Denn sie verkündete selbst in genau durch-
 gehender Ordnung,
Wie mit jenen zu Sieg' und glänzendem
 Ruhm sie gelangten.

Denn schon kämpfeten lang' in geistabmat-
 tender Arbeit
Dort die titanischen Götter, und hier die Er-
 zeugten des Kronos,
Eiferig gegen einander im Ungestüme der
 Feldschlacht:
Jene, die stolzen Titanen, daher vom erha-
 benen Othrys,

Diese herab vom Olympos, die göttlichen
    Geber des Guten,
Welche die lockige Rheia gezeugt in des
    Kronos Gemeinschaft.
Sie nun, gegen einander in müdendem
    Kampfe gestellet,
Kämpfeten ohne Verzug schon zehn voll-
    endete Jahre.
Und nie hatte der Streit der Erbitterten Ende
    noch Ausgang,
Hier so wenig wie dort; gleich strengte sich
    Krieg und Entscheidung.
Aber nachdem Zeus diesen, was noth war,
    alles gereichet,
Labenden Nektar zugleich und Ambrosia,
    göttliche Nahrung;
Ward der Unsterblichen Brust von edelem
    Mute gekräftigt.
Als sie mit Nektar nunmehr und Ambrosia-
    kost sich gelabet,
Jezt vor ihnen begann der Götter und Sterbli-
    chen Vater:

Höret, der Erdgöttin und des Uranos glän-
    zende Kinder,
Daß ich rede, wie mir das Herz im Busen
    gebietet.
Schon sehr lange fürwahr in Erbitterung
    gegen einander
Kämpfen wir Tag vor Tag, um Sieg zu ge-
    winnen und Obmacht,
Jene titanischen Götter, und wir die Er-
    zeugten des Kronos.

Auf, ihr alle denn! große Gewalt und unnahbare Hände
Zeigt dem Titanengeschlecht, anrennend im Graun der Entscheidung.
Eingedenk, wie, mit Lieb' und gefälligem Sinne behandelt,
Ihr zu dem Licht umkehrtet aus harthinstreckenden Fesseln,
Unserer Fügung gemäß, von dem nachtenden Schlunde des Dunkels.

Also Zeus; drauf gab ihm der trefliche Kottos die Antwort:
Seltsamer, nicht unerkanntes verkündest du; sondern von selbst auch
Wissen wir, daß an Verstande du vorragst, wie an Gesinnung,
Und Abwehrer den Göttern erschienst des entsezlichen Unheils.
Weis' auch fügetest Du, daß vom nachtenden Schlunde des Dunkels
Wir nun wieder hervor aus unbarmherzigen Fesseln
Kehreten, hocherhabner Kronid', unerwartetes findend.
Drum auch jezt mit festem Entschluß und bedachtsamem Eifer
Wollen wir eurer Gewalt beistehn in der grausen Befehdung,
Gegengestellt den Titanen im Ungestüme der Feldschlacht.

Jener sprachs. Lob riefen die göttlichen Geber

des Guten,
Als sie die Rede gehört; ihr Herz nun entbrannte von Streitlust,
Heftiger noch denn zuvor; und sie huben unendlichen Kampf an,
Alle des Tags, was weiblich gebildet war, oder was männlich:
Dort die titanischen Götter, und hier die Erzeugten des Kronos,
Und die Zeus an das Licht aus des Erebos Tiefen hervorließ,
Schreckliche, groß an Kraft, und voll unermeßlicher Stärke.
Hundert Riesenarm' entstrebeten ihren Schultern,
Aller zugleich; und fünfzig entsezliche Häupter auf jedem
Wuchsen daher von der Schulter, bei ungeheueren Gliedern.
Jezt den Titanen entgegen gestellt zu grauser Befehdung,
Trugen sie steiles Geklipp mit nervichten Fäusten umklammert.

Drüben auch die Titanen befestigten ihre Geschwader,
Freudiges Muts. Da erschien, was Hand' und Kräfte vermochten,
Hier und dort. Laut rauschte die Flut des unendlichen Meeres,
Laut auch krachte die Erd', und es dröhnte der wölbende Himmel,
Mächtig bewegt, ja von unten erbebten die

Höhn des Olympos,
Durch der Unsterblichen Schwung; selbst drang die Erschütterung graunvoll
Bis in des Tartaros Nacht vom Gestampf, und der gellende Ausruf
Vom endlosen Getös', und der Würf' anprallendes Schmettern.
Denn hin flogen und wieder geschnellete Jammergeschosse;
Und ein Geschrei ringsher, das zum sternichten Himmel emporscholl,
Reizte den Kampf; und sie rannten mit wütendem Hall an einander.
Auch nicht hemmte Kronion den Mut noch; sondern erfüllt ward
Ihm von dem heftigen Mute das Herz, und er zeigete völlig
Seine Gewalt; und sogleich vom Himmel einher und Olympos
Wandelte rastlos blizend der Donnerer. Siehe, die Wetter,
Schlag auf Schlag, mit Geroll und zuckenden Leuchtungen flogen
Rasch aus der nervichten Hand, und schlängelten heilige Flamme,
Häufiges Flugs; weit krachte das nahrungsprossende Erdreich
Brennend empor, und in Glut rings knatterte mächtige Waldung.
Auf nun brauste die Erd', und der Strom des Okeanos ringsum,
Auch das verödete Meer; und die erdgebornen Titanen

Ängstete heißes Gedünst; denn es flammt' in
   die heiligen Lüfte
Endlos, daß auch die Augen der Stärkeren
   selber geblendet
Starrten dem schimmernden Glanze des
   Donnerstrals und des Blizes.
Fürchterlich drang bis zum Chaos die
   Schwül' ein. Gleich war der Anblick
Jezt den Augen zu schaun, und der Hall zu
   vernehmen den Ohren,
Wie wenn gegen die Erd' hochher der gewöl-
   bete Himmel
Nahete; denn so möchte der lauteste Schall
   sich erheben,
Wo die zermalmte zugleich, und der oben
   zermalmende krachte:
Also scholl das Getön, da zum Kampf an-
   rannten die Götter.
Wild auch tobten die Wind', und wirbelten
   Staub und Zerrüttung,
Wirbelten Donner und Bliz, und lodernde
   Keile des Wetters,
Zeus' des erhabnen Geschoß, und stürmten
   Geschrei und Tumult her
Zwischen die streitenden Mächt'; und es
   stieg graunvolles Getös' auf,
Jenes entsezlichen Kampfs, und tapfere
   Thaten erschienen:
Bis sich neigte die Schlacht. Doch zuvor auf
   einander gerichtet,
Kämpften sie eiferig fort durch tobendes
   Waffengetümmel.

Jen' im Vordergewühl erregten die Schlacht des Entsezens,
Kottos, Briáreos auch, und der rastlos kämpfende Gyges,
Die dreihundert Felsen zugleich mit gewaltigen Armen
Schleuderten, Wurf an Wurf; daß weit ihr Geschoß den Titanen
Schattete. Jezt in die Kluft des weitumwanderten Erdreichs
Scheuchten sie jene hinab, und legten schmerzende Band' an,
Mit obsiegender Hand, wie sehr unbändig sie trozten,
So weit unter der Erd', als über der Erd' ist der Himmel:
Denn gleich fern von der Erd' ist des Tartaros finsterer Abgrund.
Wenn neun Tag' und Nächte dereinst ein eherner Amboß
Fiele vom Himmel herab, am zehenten käm' er zur Erde;
Wenn neun Tag' und Nächte sodann ein eherner Amboß
Fiele hinab von der Erd', am zehenten käm' er zum Abgrund.
Ehrnes Geheg' umläuft den Tartaros; aber umher ruht
Dreifach gelagerte Nacht an dem Eingang; oben herab dann
Wachsen die Wurzeln der Erd' und des ungebändigten Meeres.

Alda sind die Titanen im nachtenden
  Schlunde des Dunkels
Eingehemmt, nach dem Rathe des schwar-
  zumwölkten Kronion,
Tief in der dumpfigen Kluft, am Rand der
  unendlichen Erde.
Keiner vermag zu entfliehn; denn es schloß
  Poseidon den Ausgang
Fest mit eherner Pfort', und rings um-
  schränkt sie die Mauer.
Gyges auch, und der stolze Briáreos, neben
  dem Kottos,
Wohnen daselbst, als Wächter dem Ägiser-
  schütterer dienend.
Dort sind der dunkelen Erd', und des finstern
  tartarischen Abgrunds,
Auch des verödeten Meers, und des stern-
  umfunkelten Himmels,
Aller Beginn' und Enden sind dort mit ein-
  ander versammelt,
Fürchterlich dumpf, voll Wustes, wovor
  selbst grauet den Göttern.
Eine unendliche Kluft! Selbst nicht am Ende
  des Jahres
Käm' auf den Grund, wer einmal hinein in
  die Pforte gedrungen;
Sondern ihn stürmte von hier und von dort
  ein Orkan dem Orkane
Wütend daher. Entsezlich sogar unsterblichen Göttern
Droht dies Gräul! Auch der düsteren Nacht
  graunvolle Behausung

Steht aldort, in Gewölk von dunkeler Bläue
 gehüllet.

Vor ihr trägt Iápetos' Sohn das Gewölbe des
 Himmels,
Hoch dastehend, mit Haupt und unermü-
 deten Armen,
Unverrückt: wo die Nacht und Hemera,
 ferne sich wandelnd,
Eine die andre begrüßt, um die mächtige
 Schwelle des Erzes
Schwingend den Lauf. Wann die eine hinab-
 steigt, gehet die andre
Schon aus der Pfort', und nie sind im Inneren
 beide geherbergt;
Sondern die ein' ist immer beschäftiget außer
 der Wohnung,
Und umwandelt die Erd', und die andere,
 drinnen im Hause,
Wartet indeß, bis ihr des Hervorgehns
 Stunde herannaht.
Jene bringt die Helle des Lichts den Erdebe-
 wohnern;
Diese den Schlaf in den Armen, den Zwil-
 lingsbruder des Todes,
Sie die schreckliche Nacht, umhüllt mit fins-
 terer Wolke.

Auch die Söhne der Nacht, der düsteren,
 haben ihr Haus dort,
Beide, der Schlaf und der Tod, die furchtbaren! Nimmer auf jene

Schauet Helios her mit leuchtenden Sonnenstralen,
Steig' er zum Himmel empor, und senk' er sich wieder vom Himmel.
Jener geht auf der Erd' und dem weiten Rücken des Meeres
Ruhig immer umher und freundlich den Menschenkindern.
Diesem starrt von Eisen der Sinn, und das eherne Herz ist
Mitleidslos in der Brust; und welchen er hascht von den Menschen,
Hält er fest; ein Entsezen sogar unsterblichen Göttern.

Auch die hallende Burg des unterirdischen Gottes
Aïdes steht aldort, und der schrecklichen Persefoneia,
Vorn; und der scheußliche Hund bewacht die Pforte der Wohnung,
Mitleidslos; Tück' hat er und Arglist. Dem, der hineingeht,
Pflegt er zugleich mit dem Schwanz und beiden Ohren zu schmeicheln;
Aber hinausgehn darf nicht einer ihm, sondern belaurend
Schlingt er hinab, wen er hascht, indem aus der Pforte des starken
Aïdes schleichen er will, und der schrecklichen Persefoneia.

Dort auch hauset zugleich, verhaßt den un-
    sterblichen Göttern,
Styx, des kreisenden Stroms Okeanos älteste
    Tochter,
Furchtbar und hehr: abwärts den Unsterbli-
    chen wohnet sie prachtvoll
Unter erhabenem Felsengewölb'; und ihr
    ruchtbares Haus ist
Ringsumher bis zum Himmel mit silbernen
    Seulen befestigt.
Selten einmal geht Iris, die flüchtige Tochter
    des Thaumas,
Hin auf weitem Rücken des Meers, und
    bringet ihr Botschaft,
Wann einst Hader und Zank sich erhub in
    der Götter Versammlung,
Und wann jemand log, der olympische
    Höhen bewohnet.
Zeus dann sendet die Iris, zum großen
    Schwure der Götter
Fern in goldener Schale das ruchtbare Wasser
    zu bringen,
Welches kalt aus der Jähe des unersteiglichen
    Felsens
Niederrinnt, und sich unter das weitumwan-
    derte Erdreich
Durch schwarzdunkele Nacht kraftvoll aus
    dem heiligen Strome
Stürzt, des Okeanos Arm; denn ein Zehntheil
    ward ihr beschieden.
Neun der Theil' um die Erd' und den weiten
    Rücken des Meeres

Rollt mit Silbergewirbel der Strom, und fällt
   in die Salzflut;
Aber das ein' entsprudelt dem Fels, zum Ver-
   derben der Götter.
Welcher nun, ausgießend des Tranks, von
   den seligen Göttern
Meineid schwört, die bewohnen das Haupt
   des beschneiten Olympos,
Solcher liegt entathmet bis ganz zur Voll-
   endung des Jahres;
Niemals findet er auch der Ambrosia oder
   des Nektars
Sättigung; sondern er liegt, der Stimme be-
   raubt und des Athems,
Auf gebreitetem Lager, umhüllt von der
   bösen Betäubung.
Aber nachdem er die Krankheit ein völliges
   Jahr nun geduldet,
Schrecklich empfängt ihn jezt nach anderem
   anderes Elend.
Und neun Jahr' ist solcher getrennt von den
   ewigen Göttern;
Nie auch wird er des Raths Theilnehmender,
   oder des Mahles,
Voll neun Jahre hindurch; im zehenten nahet
   er wieder
Zu der Unsterblichen Schaar, die olympische
   Höhen bewohnen.
Also weihten die Götter zum Schwur der
   Styx unvergänglich
Alte Flut, die des schroffen Geklüfts Ab-
   hänge durchströmet.

Dort sind der dunkelen Erd', und des finstern tartarischen Abgrunds,
Auch des verödeten Meers, und des sternumfunkelten Himmels,
Aller Beginn' und Enden sind dort mit einander versammelt,
Fürchterlich dumpf, voll Wustes, wovor selbst grauet den Göttern,
Dort ist die schimmernde Pforte zugleich, und die eherne Schwelle,
Unbewegt, mit tief hinstrebenden Wurzeln gegründet,
Selbstentsproßt; und vorn, von den Ewigen allen gesondert,
Wohnt der Titanen Geschlecht, jenseit des düsteren Chaos.
Durch des donnernden Zeus ruhmwürdige Bundesgenossen
Hausen in Wohnungen dort an Okeanos' untersten Gründen,
Kottos und Gyges zugleich. Den Briareos, weil er so stark war,
Machte zum Eidam sich der tosende Ländererschüttrer,
Und vertraut' ihm zur Ehe die Tochter Kymopoleia.

Aber nachdem die Titanen hinab vom Himmel gedrängt Zeus,
Brachte den jüngsten Sohn, den Tyfóeus, Gäa die Riesin,
Durch des Tartaros Lieb', und die Huld der goldenen Kypris.

Ihm sind Hände verliehn, die ein Werk vornehmen mit Nachdruck,
Rüstige Füße zugleich, dem gewaltigen; und von den Schultern
Wanden sich hundert Häupter des graunvoll schlängelnden Drachen,
Leckend mit finsteren Zungen umher, und der gräßlichen Häupter
Jeglichem zuckt' aus den Augen ein Glutstral unter den Wimpern;
So aus den Häuptern gesamt, wenn er schauete, brannt' es wie Feuer.
Auch war hallende Stimm' in allen entsezlichen, Häuptern,
Von vielartigem Wundergetön: denn in häufigem Wechsel
Lautete jezt für die Götter verständliches; jezo hinwieder
Scholl es, wie dumpfes Gebrüll des in Wut anrasenden Stieres;
Jezo gleich, wie des Löwen von unaufhaltsamer Kühnheit;
Jezo gleich dem Gebelfer der Hündelein tönet' es seltsam;
Jezo wie gellendes Pfeifen, daß rings nachhallten die Berghöhn.
Und bald kam an dem Tag' unheilsame That zur Vollendung,
Daß Er Sterbliche so wie Unsterbliche jezo beherschte;
Hätte nicht scharf es bemerkt der Menschen und Ewigen Vater.
Ernst nun schwang er die Donner, und don-

nerte; rings in dem Aufruhr
Toste das Land graunvoll, und der wölbende Himmel von oben,
Auch des Okeanos Strom, Meerflut und tartarischer Abgrund.
Ja dem unsterblichen Fuß erbebten die Höhn des Olympos,
Als sich der Herscher erhub; und tiefauf dröhnte das Erdreich.
Beiden entloderte Brand, um das finstere Meer sich verbreitend,
Hier von dem Donner und Bliz, und dort von der Flamme des Scheusals,
Von glutwirbelndem Sturm, und zuckendem Strale der Wetter.
Auf nun brauste die Erd', und der Himmel umher, und die Meerflut;
Und die Gestad' umtobt' unermeßliches Wogengetümmel,
Durch der Unsterblichen Schwung; und es schwankte das All in Erschüttrung.
Aïdes selber erschrak, der unteren Todten Gebieter,
Auch der Titanen Geschlecht im Tartaros drunten um Kronos,
Vor dem unendlichen Lerm und dem furchtbaren Kampf der Entscheidung.
Als nun seine Gewalt Zeus sammelte, nahm er die Waffen,
Bliz und Donner zugleich, und lodernde Keile des Wetters,
Schlug dann hoch vom Olympos im Ansprung: alle gesamt nun

Sengt' er die gräßlichen Häupter hinweg des
 gewaltigen Scheusals.
Aber nachdem er ihn jezt mit schmetternden
 Schlägen gebändigt,
Sank er gelenklos hin; und es seufzte die
 mächtige Erd' auf.
Lodernde Glut entströmte dem niedergedon-
 nerten Herscher,
In des Ätna-Gebirgs Waldthalen, den felsigen
 dunklen,
Wo er erlag; weit brannte die mächtige Erd'
 in des Wetters
Stürmischer Loh', und zerfloß, dem schmel-
 zenden Zinne vergleichbar,
Welches der Jünglinge Kunst im wohlgehöh-
 leten Tiegel
Glühete; oder wie Eisen, das stark vor allem
 Metall ist,
In des Gebirgs Waldthalen von flammender
 Hize gebändigt,
Schmilzt in dem heiligen Grund, durch
 künstliche Hand des Hefästos:
Also zerschmolz auch die Erd' in stralender
 Lohe des Feuers.
Zeus dann schwang ihn ergrimmt in des
 Tartaros räumigen Abgrund.

Von dem Tyfóeus stammt die Gewalt naß-
 hauchender Winde,
Außer dem Süd und dem Nord und dem
 blaßumschauerten Westwind;
Denn sie sind aus Göttergeschlecht, und den
 Sterblichen heilsam.

Aber die anderen wehn als Mishauch' über
   die Meerflut:
Die, nun plözlich daher in die finstere Woge
   sich stürzend,
Rasen mit stürmender Wut, den sterblichen
   Menschen zum Unheil.
Dann wehn andere anderswohin, und zer-
   streun und verderben
Schiff und Segler zugleich; und des Wehs ist
   nimmer Errettung
Sterblichen, die, von jenen ereilt, durch die
   Brandungen hinfliehn.
Auch auf dem Boden umher des unendlichen
   blühenden Erdreichs
Bringen sie Leid, und verderben der Ackerer
   schöne Bestellung,
Alles mit Staub anfüllend und fürchterlich
   raffendem Aufruhr.

Als die seligen Götter nunmehr vollendet die
   Arbeit,
Und die Titanen im Streit um Ehr' und
   Würde bewältigt;
Jezo vertraueten sie den Oberbefehl und die
   Herschaft,
Gäa's Rathe gemäß, dem olympischen
   Ordner der Welt Zeus,
Aller Unsterblichen rings; und Er vertheilte
   die Ehren.

Zeus nun, der König der Götter, erkohr als
   erste Genossin,
Metis, die kundigste weit vor sterblichen

Menschen und Göttern.
Aber da ihr, zu gebären die heilige Pallas Athene,
Nahte die Zeit, jezt listig mit sanft einnehmenden Worten
Teuscht' er ihr Herz, und barg im eigenen Bauche die Göttin,
So wie Gäa befahl, und des sternichten Uranos Ausspruch.
Denn das riethen ihm beide, damit die Herschergewalt nicht
Nähme, für Zeus, ein andrer der ewigwaltenden Götter.
Denn ihr beschied, zu gebären verständige Kinder, das Schicksal:
Erst die Tritogeneia, des Zeus blauäugige Tochter,
Gleich dem erhabenen Vater an Kraft und weiser Entschließung.
Hierauf war auch den Sohn ihr bestimmt zu gebären, der künftig
Götter und Menschen zugleich mit gewaltigem Geiste beherschte.
Aber zuvor barg Zeus im eigenen Bauche die Göttin,
Daß ihm solche hinfort ankündete Gutes und Böses.

Themis, darauf Zeus' Gattin, die herliche, bracht' ihm die Horen,
Dike, Eunómia dann, und die blühende Tochter Eirene:
Welche dem Menschengeschlecht vollzei-

tigen alles Beginnen;
Auch die Mören, von Zeus ausnehmender
   Ehre gewürdigt,
Klotho, Lachesis auch, und Atropos: welche
   zur Mitgift
Bei der Geburt austheilen den Sterblichen
   Gutes und Böses.

Auch drei Chariten bracht' ihm Eurynome,
   rosige Jungfraun,
Sie, des Okeanos Tochter, geschmückt mit
   reizender Schönheit:
Thália, lieblich an Wuchs, Eufrósyne, samt
   der Aglaja:
Diesen entträuft von der Wimper im Anblick
   süßes Verlangen,
Schmelzendes; denn sie blicken so hold aus
   der Brauen Umwölbung.
Jener bestieg der Demeter, der Allernährerin,
   Lager;
Und sie gebar ihm die schöne Perséfone, die
   Aïdoneus
Raubte der Mutter hinweg, denn sie gab der
   erhabne Kronion.
Von Mnemósyne dann, der schöngelockten,
   entbrannt' er,
Der die Musen enstammen, geziert mit gol-
   denem Haarband,
Neun, der festlichen Schmause vergnügt,
   und des frohen Gesanges.

Leto gebar den Apollon, und Artemis, froh
   des Geschosses,

Beide vom holdesten Wuchs vor den sämtlichen Uranionen,
Leto, gesellt in Liebe dem Donnerer Zeus Kronion.

Dieser erkohr nun Here zulezt als blühende Gattin;
Und sie gebar die Hebe, mit Eileithya und Ares,
Ihrem Gemahl beiwohnend, dem waltenden Herscher der Welt Zeus.

Ihm aus dem eigenen Haupt fuhr Zeus' blauäugige Tochter,
Schrecklich, umrauscht vom Gewühl, Heerführerin, nimmer bezwungne
Herscherin, die an Getöse sich freut, und an Kampf und Entscheidung.

Here gebar den Hefästos darauf, ohn' alle Gemeinschaft,
Aus sich selbst, denn sie zürnt' und eiferte ihrem Gemahle,
Ihn, der an Kunst vorraget den sämtlichen Uranionen.

Amfitrite sodann und der tosende Ländererschüttrer
Zeugeten Tritons Macht, des gewaltigen, der an des Meeres
Tiefem Grund, mit der Mutter zugleich und dem herschenden Vater,
Wohnt im goldenen Haus', ein furchtbarer.

  Mit Kythereia
Zeugete Graun und Entsezen der Schild-
  durchschmetterer Ares,
Schreckliche, die hintummeln die dichtesten
  Männergeschwader,
Ares dem Stadtverwüster gesellt, in der
  schaudrichten Feldschlacht;
Auch die Harmónia dann, des mutigen
  Kadmos Genossin.
Maja, des Atlas Tochter, bestieg Zeus' heiliges
  Lager,
Und den Hermes gebar sie, der Götter ge-
  priesenen Herold.
Semele, Tochter des Kadmos, gebar aus
  seiner Umarmung
Ihm den glänzenden Sohn, den Geber der
  Lust Dionysos,
Sterblich sie selber den Gott; nun freuen sich
  beide der Gottheit.
Weiter gebar Alkmene die hohe Kraft
  Herakles,
Heimlich in Liebe genaht dem schwarzum-
  wölkten Kronion.

Aber Agláia ward dem hinkenden Künstler
  Hefästos,
Sie der Chariten jüngste, vermählt als blü-
  hende Gattin.
Dem goldlockigen Gott Dionysos ward
  Ariadne,
Minos' Tochter, die blonde, vermählt als blü-
  hende Gattin;

Ihm schuf Zeus sie unsterblich in nie veraltender Jugend,
Hebe kohr sich Herakles, der tapfere Sohn der Alkmene,
Als er mit Kraft und Gewalt mühselige Kämpfe vollendet,
Daß sie, Tochter des Zeus und der goldgeschuheten Here,
Edle Genossin ihm war' auf dem schneebedeckten Olympos:
Seliger, der, da er Großes hinausführt', unter den Göttern
Wohnt, dem Leiden entrückt, in Unsterblichkeit, nimmer veraltend!

Helios, rastlos im Lauf, mit der Okeanine Perseis,
Zeugete Kirke zugleich, und den Volksobwalter Äetes.
Aber Äetes, der Sohn des erleuchtenden Sonnenbeherschers,
Nahm des umgrenzenden Stroms Okeanos Tochter Idya,
Nach der Unsterblichen Schluß, als rosenwangige Gattin.
Diese gebar ihm Medeia, die leicht hinwandelnde Tochter,
Überwältigt von Liebe, durch Huld der goldenen Kypris.

Ihr lebt jezo mir wohl, olympischer Höhen Bewohner,

Eiland' auch, und Vesten, und salzige Flut in
    dem Innern.

Jezo der Göttinnen Stämme verkündiget hold
    im Gesange,
Ihr olympischen Musen, des Ägiserschütte-
    rers Töchter:
Alle, wie viel unsterblich in sterblicher
    Männer Gemeinschaft
Kinder gezeugt, vollkommen wie ewige
    Götter an Bildung.
Siehe, Demeter gebar, die heilige Göttin, den
    Plutos,
Als mit Iásios sie auf dreimal geackertem
    Brachfeld
Traulicher Liebe gepflegt in Kretas's frucht-
    barem Eiland,
Ihn, der ein heilsamer geht durch Land und
    Meeresgewässer,
Rings; den begegnenden aber, und wem in
    die Hand' er gelangt ist,
Den umhäuft er mit Gut, und gewährt ihm
    Fülle des Reichthums.

Auch den Kadmos gebar Harmónia, Tochter
    der Kypris,
Semele, Ino zugleich, und Agaue mit blü-
    hendem Antliz,
Dann Autónoe, Weib des lockigen Aristäos,
Und Polydoros den Held in der festummau-
    erten Thebe.

Eos gebar dem Tithonos den erzgerüsteten
  Memnon,
König der Äthiopen, Emáthion auch, den
  Gebieter.
Auch dem Kéfalos brachte sie dar den edelen
  Sprößling
Faethon, mächtiger Kraft, Unsterblichen ähn-
  lich an Bildung.
Dieser, da zart in der Blüte der üppigen Ju-
  gend er aufwuchs,
Ward als tändelndes Kind von der hold anlä-
  chelnden Kypris
Weg im Schwunge geraft, und im Heiligt-
  hume der Tempel
Zum nachtfeiernden Hüter bestellt, ein gött-
  licher Dämon.

Sie, des Äetes Tochter, des gottgesegneten
  Königs,
Führte der Äsonid', in der Obhut ewiger
  Götter,
Vom Äetes daher, da er grauliche Kämpfe
  vollendet,
Deren ihm viel' auflegte der übermütige König,
Pelias, trozig und frech, ein entsezlicher
  Thäter des Frevels.
Siegreich kam er nunmehr nach mancher Ge-
  fahr in Iolkos,
Führend im hurtigen Schiffe die freudigbli-
  ckende Jungfrau,
Äsons Sohn, und sie ward ihm blühende La-
  gergenossin.

Diese, nachdem sie erkannt der Volksobwalter Iason,
Brachte den Sohn Medeios, den sorgsam erzog in dem Bergwald
Cheiron, der Filyra Sohn; so ward Zeus' Wille vollendet.
Aber die Nereiden, erzeugt vom altenden Meergreis:
Psamathe brachte zuerst, die heilige Göttin, den Fokos,
Durch des Äakos Lieb', und die Huld der goldenen Kypris.
Peleus jezo bezwang die silberfüßige Thetis,
Sieh', und Achilleus erwuchs, der zermalmende, löwenbeherzte.

Drauf den Äneias gebar die schöngekränzte Kypris,
Einst dem Helden Anchises in traulicher Liebe vereinigt,
Auf dem bewaldeten Gipfel des vielgewundenen Ida.

Kirke, des Helios Tochter, des leuchtenden Sohns Hyperions,
Brachte dem harrenden Dulder Odysseus nach der Umarmung
Agrios, ihn und Latinos, den treflichen, stark und gewaltig;
Welche fürwahr sehr fern in dem Schooß der heiligen Inseln
Allem Geschlecht obwalten der hochberühmten Tyrsener.

Dann den Nausithoos brachte die heilige
    Göttin Kalypso
Samt dem Nausinoos dar, aus Odysseus'
    trauter Umarmung.

Solche sinds, die unsterblich in sterblicher
    Männer Gemeinschaft
Kinder gezeugt, vollkommen wie ewige
    Götter an Bildung.

Jezo der Heldinnen Stämme verkündiget
    hold im Gesänge,
Ihr olympischen Musen, des Ägiserschütte-
    rers Töchter.

---

1. Okeanos, der die Welt umkreisende Strom, unterschieden von Pontos, der Meeresfläche
2. Eingeschobener Vers.
3. Aus Homer.

Copyright © 2023 von Alicia Editions
Couverture : Canva.com
Bild : Hésiode et la Muse, Gustave Moreau, 1891
Ebook ISBN : 9782384550777
Taschenbuch ISBN : 9782384550784
Alle Rechte vorbehalten

www.ingramcontent.com/pod-product-compliance
Lightning Source LLC
LaVergne TN
LVHW032006070526
838202LV00058B/6321